# 中國笑話

## Chinese Jokes

改寫：甯怡

繪圖：曲敬蘊

# 編者的話 From the Editors

　　我們是麥荷（Heather McNaught），一個學中文已經很多年的學生，和齊玉先（Ocean Chi），一個很愛教中文的老師；我們是《中文讀本》的主編。我們很希望你會喜歡《中文讀本》這套書。這套書的故事包括有傳統故事（traditional stories）和原創故事（original stories）。

　　學習語言不只是要學習文法和生詞，也要學習那個國家的文化，他們有意思的故事是什麼？有名的人是誰？平常的生活跟你一樣不一樣？如果你是正在學習中文的學生，你應該會對華人社會和中華文化有興趣，也想多知道一些中國人的故事。

　　你一定已經學會了很多漢字，想多看看一些中文書，問題是你找不到好看的書可以讀，對不對？讀那些給小朋友看的書，沒意思；看那些寫給中國人看的書，太難了，看不懂，怎麼辦？那麼，選這套書就對了，因為這套書就是寫給外國人

看的。書裡面用的都是比較簡單的中文，用較容易的語法來寫的。而且這套書的故事不是寫給小朋友的，是寫給大人的，所以你一定會覺得故事很有意思。

看完這套書，你的中文一定會更好，肯定會學到一些新的東西，知道更多中國人的故事。

喜歡這本的話，就再看一本吧！祝你讀書快樂，中文學得越來越好！

麥荷和齊玉先　共同編輯於台灣台中

# 前言

　　你一定不知道中國人喜歡說笑話，也很會說笑話，在幾百年以前中國就有很多有意思的笑話書。

　　現在你已經學會很多漢字了，一定看得懂一些中文寫的笑話。這本書裡改寫了十個中國笑話，這些笑話都是從很久以前的笑話書來的，像《笑府》、《廣笑府》、《笑林廣記》等。讀讀看，看看哪個笑話最有意思。要是你喜歡這本書裡的笑話，而且還想看更多的笑話，等你的中文更好的時候，就可以自己找這些書來看了。

# 目　次　Table of Contents

# 字睡著了

　　有一個父親給兒子請了一位老師來家裡教他念書。一天，老師教這孩子認識「川[1]」這個字。老師回去以後，父親想看看兒子學得怎麼樣，就問兒子學了什麼字。兒子把書拿出來，找了好久，就是找不到老師教過的「川」。**忽然**[2]間，他看到了一個「三」字，就**指**[3]著這個字說：「我找了你半天了，原來你躺在這裡睡覺啊！」

1. 川（chuān）river, usually used in written Chinese
2. 忽然（hūrán）suddenly
3. 指（zhǐ）to point

你看得懂嗎？Comprehension Questions:

1. 請問老師教這個孩子的字是什麼字？

2. 請問這個孩子找到的是什麼字？

3. 請問這個孩子學會老師教他的字了嗎？

# 二
# 學中國字

內文 Text：track4　生詞 Vocab：track5

　　從前有一個人，小時候沒念過書，不認識字，後來有錢了，希望自己的兒子能念書，就請了一位老師到家裡教兒子念書寫字。

　　第一天上課，老師就教最容易寫的字，先教一劃[4]的「一」怎麼寫，再教兩劃的「二」。老師教完「三」怎麼寫以後，孩子忽然跑出書房找父親，他對父親說：「爸爸，中國字太容易了，老師一教，我就會了，您不必再花錢[5]請老師來教我了。」父親聽了，覺得自己的兒子真聰明，高興得不得了，就請老師回去了。

　　有一天，這位父親想請一位好朋友到家裡來吃飯，就叫兒子寫一張請帖[6]請朋友來。兒子馬上到書房裡寫，可是從早上寫到中午，都還沒寫好。父親覺得很奇怪，就到書房問兒子寫好了沒有，沒想到兒子生氣地說：「我還在寫他的姓呢！

世界上有這麼多的姓，您的朋友為什麼不姓別的姓，一定要姓『萬』！我從早上寫到現在，才寫了五百劃呢！」

4. 劃（huà）a stroke
5. 花錢（huāqián）to spend money
6. 請帖（qǐngtiě）invitation card

你看得懂嗎？Comprehension Questions:

1. 老師教這個孩子寫哪幾個字？

2. 父親為什麼請老師回去？

3. 父親為什麼叫他兒子寫請帖？

4. 為什麼這個孩子寫請帖寫很久？

5. 這個孩子聰明嗎？

三

夢[7]周公[8]

　　從前有一位老師規定[9]學生上課的時候一定要好好聽課，不可以睡覺。

　　有一天上課時，老師要學生念書給他聽，因為天氣很熱，老師聽著聽著就睡著了。老師醒[10]來以後，學生問他：「為什麼老師可以睡覺，我們不可以睡覺？」他就騙[11]學生說：「我剛才在夢裡是去見一位以前的聖人[12]，他的名字叫周公。」

---

7. 夢（mèng）to dream

8. 周公（Zhōu Gōng）Zhou Gong was originally called 姬旦 Jī Dàn. Three thousand years ago, he was the uncle of a king. Because he helped the king to make great improvements to his country, many people regarded him as a saint. The title 夢周公 Mèng Zhōu Gōng came from 孔子 Kǒngzǐ （Confucius） and was given to honor the memory of the saint. Now, however, Mèng Zhōu Gōng has come to mean "sleeping" or "dreaming."

9. 規定（guīdìng）to order; to regulate

10. 醒（xǐng）to wake up

11. 騙（piàn）to trick; to fool

12. 聖人（shèngrén）saint

第二天，學生**故意**[13]在上課時睡起覺來，老師看到以後非常生氣，就把學生叫醒，罵他說：「你怎麼可以在上課的時候睡覺？!」學生說：「我也是去見周公。」老師就問他：「周公跟你說了什麼？」學生**回答**[14]說：「周公說他昨天沒有看到你。」

13. 故*ㄍㄨˋ*意*ㄧˋ*（gùyì）on purpose
14. 回*ㄏㄨㄟˊ*答*ㄉㄚˊ*（huídá）to answer

### 你看得懂嗎？Comprehension Questions:

1. 老師為什麼要騙學生說他夢周公去了？

2. 為什麼第二天學生故意在上課的時候睡覺？

# 四
# 什麼時候下雨

內文 Text：track8　生詞 Vocab：track9

　　有一個鄉下地方很久沒下雨了。一個住在那裡的**農夫**[15]很著急，就跑去問**算命**[16]先生：「到底什麼時候才會下雨？」算命先生在一張紙上寫了幾個字，放在信封裡交給那個農夫，對他說：「這是**天機**[17]，不能隨隨便便讓人知道。你一定要等到下雨天才能拿出來看，要不然

---

15. 農ㄋㄨㄥˊ夫ㄈㄨ（nóngfū）a farmer
16. 算ㄙㄨㄢˋ命ㄇㄧㄥˋ（suànmìng）fortune telling
17. 天ㄊㄧㄢ機ㄐㄧ（tiānjī）a secret of the gods that human beings should not know

你會**死**[18]。」農夫就帶著這個信封回家了。

　　過了半個月以後，**終於**[19]下雨了。農夫想起了算命先生的話，就把紙條拿出來看，上面寫著：「今天有雨」。看了以後，農夫說：「**好準**[20]！好準！算命先生算得真準啊！他怎麼知道今天會下雨啊？」

---

18. **死**ˇ（sǐ）to die
19. **終**ㄓㄨㄥ **於**ㄩˊ（zhōngyú）finally; in the end
20. **準**ㄓㄨㄣˇ（zhǔn）accurate

你看得懂嗎？Comprehension Questions:

1. 農夫為什麼要去問算命先生？

　　

2. 算命先生怎麼說？

　　

3. 你覺得算命先生算得到底準不準？

# 五
# 穿錯鞋子

內文 Text：track10　　生詞 Vocab：track11

　　有一個很糊塗的人，出門的時候穿錯了鞋子，一隻鞋的鞋底**厚**[21]，一隻鞋底**薄**[22]，走起路來一腳高一腳低，很不舒服。這個人覺得奇怪，**自言自語**[23]地說：「我的腿今天怎麼一長一短呢？可能是路不**平**[24]吧？」

21. 厚ㄏㄡˋ（hòu）thick
22. 薄ㄅㄛˊ（bó）thin
23. 自ㄗˋ言ㄧㄢˊ自ㄗˋ語ㄩˇ（zìyánzìyǔ）to talk to oneself
24. 平ㄆㄧㄥˊ（píng）flat, even

有人跟他說：「你大概是穿錯了鞋子吧。」這個人**低頭**[25]一看，發現自己真的穿錯鞋子了，就馬上叫**佣人**[26]回家去拿鞋子來換。

佣人去了很久才回來，可是他沒把鞋子帶來。這個人就問佣人為什麼沒把鞋子拿來？佣人對他說：「不必換了！家裡的那兩隻鞋子，也是一隻鞋底厚一隻鞋底薄啊！」

25. 低頭 (dītóu) to bow one's head
26. 佣人 (yōngrén) servant

## 你看得懂嗎？Comprehension Questions:

1. 為什麼這個人出門的時候，走起路來一腳高一腳低？

2. 這人發現自己穿錯了鞋子以後怎麼做？

3. 佣人為什麼沒把鞋子拿來？

# 六

# 訂親[27]

🔊 內文 Text：track12　生詞 Vocab：track13

　　以前的中國人**結婚**[28]，大部分都是父母**安排**[29]的或是**媒人**[30]介紹的。有時候，在兒女很小的時候，父母就已經安排好了。

　　有一對**夫妻**[31]剛生了一個女孩。住在附近的另一對夫妻，家裡有個兩歲的男孩，他們就請媒人到這個女孩家

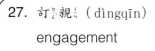

27. 訂ㄉㄧㄥˋ親ㄑㄧㄣ（dìngqīn）
    engagement
28. 結ㄐㄧㄝˊ婚ㄏㄨㄣ（jiéhūn）to marry
29. 安ㄢ排ㄆㄞˊ（ānpái）to arrange
30. 媒ㄇㄟˊ人ㄖㄣˊ（méirén）a matchmaker
31. 夫ㄈㄨ妻ㄑㄧ（fūqī）husband and wife; a married couple

來做媒[32]，結果這個女孩的父親很生氣地對媒人說：「我女兒才一歲，他家男孩已經兩歲了，等我女兒十歲的時候，他家男孩已經二十歲了，我女兒怎麼能跟那麼大的男人結婚？」

他太太聽了，覺得先生算得不對，就對先生說：「你算錯了！我們的女兒今年一歲，到明年不是就跟那個男孩一樣大了嗎？為什麼不能跟他結婚！」

---

32. 做媒（zuòméi）to act as a go-between for prospective marriage partners etc.

---

### 你看得懂嗎？Comprehension Questions:

1. 以前的中國人要結婚，大部分是怎麼認識自己的先生或太太的？

2. 男孩的父母請媒人來做媒，為什麼女孩的父親很生氣？

3. 女孩的母親覺得她的先生算錯了，你覺得到底誰算得對呢？

# 你到底幾歲

過去的中國人不能**自由戀愛**[33]，所以大部分的人在結婚以前從來沒見過自己的先生或太太，都是在結婚以後才見第一次面。

有一個男人，快要四十歲了還沒結婚，所以有人給他做媒。結婚那天晚上喝完**喜酒**[34]以後，他見到了太太，可是她的臉上有很多**皺紋**[35]，讓他覺得很奇怪，就問太太說：「媒人說妳今年三十八歲，可是妳看起來不像是三十幾歲的人啊！妳幾歲啊？」太太說：「好吧！我告訴你，我今年四十五歲。」先生說：「奇怪了，四十幾歲的人怎麼臉上會有那麼多皺紋！我看妳不只四十五歲吧？快說妳到底幾歲！」太太還是說：「我真的只有四十五歲。」

先生問了幾次，太太還是說她只有四十五歲。先生沒辦法，只好準備上床睡覺。先生躺在床上，忽然想到一個辦

---

33. 自由戀愛（zìyóuliànài）to choose one's partner out of his or her own free will

34. 喜酒（xǐjiǔ）wedding banquet

35. 皺紋（zhòuwén）wrinkles

法。他從床上爬起來，對太太說：「我要去廚房把**鹽**[36]放進櫃子裡，夜裡才不會被**老鼠**[37]偷吃了。」太太聽了大笑說：「太好笑了，我今年六十八歲了，還沒聽說過老鼠會偷鹽吃呢！」

---

36. 鹽（yán）salt
37. 老鼠（lǎoshǔ）a mouse

---

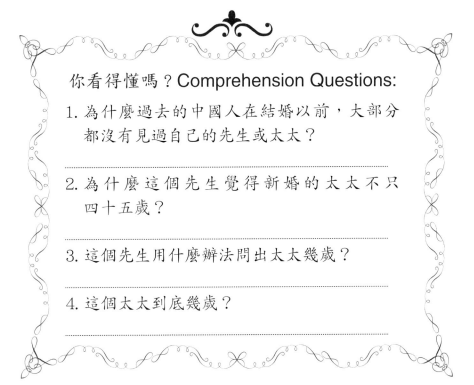

### 你看得懂嗎？Comprehension Questions：

1. 為什麼過去的中國人在結婚以前，大部分都沒有見過自己的先生或太太？

2. 為什麼這個先生覺得新婚的太太不只四十五歲？

3. 這個先生用什麼辦法問出太太幾歲？

4. 這個太太到底幾歲？

# 八
# 買梳子[38]

🎧 內文 Text：track16　　生詞 Vocab：track17

　　從前有一個姓張的人要到很遠的城裡去做買賣，他離開家的時候，太太要他幫忙買一把梳子回來。因為張先生住在鄉下，從來沒看過梳子，就問太太梳子是什麼樣子，太太就指著天上的月亮對先生說：「梳子就像今天晚上彎彎[39]的月亮。」

　　過了一個多月，張先生做完了買賣，準備要回家，忽然想起太太要他幫忙買一個像月亮的東西。他看看天上的月亮，那天月亮正好[40]是圓圓的，所以他就買了一個和那天月亮一樣圓圓的鏡子[41]回家。

---

38. 梳子（shūzi）a comb
39. 彎彎（wānwān）curvy
40. 正好（zhènghǎo）it just so happens; by chance
41. 鏡子（jìngzi）a mirror

22

回到家後，太太問先生梳子買回來了沒有，張先生就把鏡子拿出來給太太。太太從來沒看過鏡子，就拿起來看一看，這時候她看到鏡子裡有一個女人的臉，馬上生氣地罵張先生：「你不買梳子就算了[42]，怎麼帶了一個小老婆[43]回來？」說完就哭了起來。

42. 算了 (suànle) leave it at that; forget it
43. 小老婆 (xiǎolǎopó) a mistress

這時張先生的媽媽聽到了，就過來看看是怎麼回事兒。聽完張太太說的話以後，媽媽也拿起鏡子看一看，她看到鏡子裡有一個女人的臉，馬上生氣地罵張先生說：「你帶小老婆回來就算了，怎麼帶了一個這麼老的女人回來？」

你看得懂嗎？Comprehension Questions:

1. 張太太要張先生買梳子，為什麼張先生買了鏡子回家？

2. 張太太看到張先生買回家的鏡子，為什麼會生氣地罵他？

3. 張先生的媽媽看到鏡子以後，為什麼生氣地罵張先生？

# 九
## 吃河豚[44]

內文 Text：track18　　生詞 Vocab：track19

　　從前有一個姓李的有錢人，他剛搬了新家，朋友送了一條很貴的河豚給他慶祝。他想河豚這麼少見，又很好吃，一定要請朋友來吃吃看，就請了幾個好朋友到家裡來吃河豚。

---

44. 河豚（hétún）a puffer fish

煮好的河豚上桌了，可是沒有一個人**敢**[45]先吃，因為大家都知道河豚有**毒**[46]，要是沒把河豚裡的毒拿乾淨，吃了是會死的。後來一個朋友對李先生說：「我剛來的時候，在你們家門外的那棵大樹下，看到一個**乞丐**[47]，我們送一碗河豚請他吃，要是過一會兒他沒死，我們就知道河豚沒問題，可以**放心**[48]地吃了。」

李先生就準備了一碗河豚送給門外的那個乞丐。乞丐一看到有人請他吃這麼貴又這麼好吃的魚，高興得不得了，馬上謝謝李先生，**接下**[49]了那碗河豚。李先生回到屋裡等，過了一會兒，又偷偷回到門口，看看那個乞丐怎麼樣了。

看完以後，李先生回來對大家說：「太好了！那個乞丐沒死，我們可以放心地吃了。」**於是**[50]大家就高高興興地吃起河豚來。

---

45. 敢（gǎn）to dare to do something
46. 毒（dú）poison
47. 乞丐（qǐgài）a beggar
48. 放心（fàngxīn）to set one's mind at ease
49. 接下（jiēxià）to receive; to accept
50. 於是（yúshì）consequently; as a result

吃完以後，時間也不早了，李先生的朋友們要回家了，李先生就到大門口送他的朋友離開。這時候，大樹下的乞丐看到了李先生，高興地對李先生說：「你沒死啊！太好了，那我可以放心地吃這碗河豚了。」

你看得懂嗎？Comprehension Questions:

1. 這個李先生為什麼要請朋友到家裡來？

2. 煮好的河豚上桌了，可是為什麼沒有一個人敢先吃？

3. 李先生為什麼要請門外的乞丐吃河豚？

4. 為什麼乞丐看到在門口送朋友離開的李先生，他非常高興？

# 十
# 處罰[51]

🦻 內文 Text：track20　生詞 Vocab：track21

　　很多中國人**相信**[52]，要是人在這個世界上做了壞事，死了以後就會下**地獄**[53]。

　　有一個人做了壞事，死了以後被**鬼**[54]帶到地獄去。地獄的王—**閻羅王**[55]覺得這個人做過一些壞事，應該受處罰，可是他也幫過別人，並不算太壞的人，所以決定讓這個人自己**選**[56]一種處罰的方法。閻羅王叫了一個鬼帶著這個人去看看地獄裡的每一種處罰方法。

---

51. 處罰ㄈㄚˊ（chǔfá）to punish; a punishment
52. 相信ㄒㄧㄤ ㄒㄧㄣˋ（xiāngxìn）to believe
53. 地獄ㄩˋ（dìyù）Hell
54. 鬼ㄍㄨㄟˇ（guǐ）a ghost
55. 閻羅王ㄧㄢˊ ㄌㄨㄛˊ ㄨㄤˊ（Yánluó Wáng）the king of Hell
56. 選ㄒㄩㄢˇ（xuǎn）to choose

地獄一共有十八層[57]，一層比一層可怕，做了不一樣的壞事有不一樣的處罰方法。這個人從第一層開始看，越看越怕，他一個都不想選。最後到了第十八層地獄時，他看到有十幾個被處罰的人，站在一個有非常多**大小便**[58]的**池子**[59]裡，那個池子差不多有半個人那麼**深**[60]。

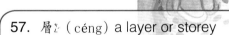

---

57. 層<sub>ㄘㄥˊ</sub>（céng）a layer or storey
58. 大<sub>ㄉㄚˋ</sub>小<sub>ㄒㄧㄠˇ</sub>便<sub>ㄅㄧㄢˋ</sub>（dàxiǎobiàn）excrement; urine and feces
59. 池<sub>ㄔˊ</sub>子<sub>˙ㄗ</sub>（chízi）a pond; a pool
60. 深<sub>ㄕㄣ</sub>（shēn）deep

他心裡想：「前面看到的處罰方法都太可怕了。這個池子雖然很臭[61]，可是我只要站在這個池子裡就好了。選這個吧！」於是他跟鬼說：「我決定了，就選這個處罰的方法吧！」說完，他就跳進那個都是大小便的池子裡。就在他剛剛站好的時候，他聽到那個鬼大聲地說：「好了，處罰的時間到了，現在大家快點兒躺下去！」

---

61. 臭（chòu）to stink; to smell bad

你看得懂嗎？Comprehension Questions:

1. 閻羅王為什麼要讓這個做了壞事的人自己選一個處罰的方法？

2. 這個人為什麼要選站在有大小便的池子裡當作處罰？

3. 這個人最後受到什麼樣的處罰？

## 討論 Discussion Questions：

1. 這本書的笑話，你覺得哪一個最好笑？

2. 你最喜歡哪一個笑話？為什麼？

3. 你喜歡中國人說笑話的方式嗎？

4. 你覺得中國笑話和你們國家的笑話有什麼不一樣的地方？